APRILSCHMERZ 1944
APRIL FOOL'S DAY 1944

An die Opfer

Für Gisela

DANKSAGUNGEN:
Übersetzung ins Deutsche von Anke Simon (Waltrop, Deutschland).
Umschlagbild ‚ Am Siblinger Randen‘ von Herbert Hiss (Hallau, Schaffhausen). Mit freundlicher Genehmigung von Herrn Hiss und Herrn Wetter (Meier Waser Druck AG, Feuerthalen).

Mein besonderer Dank gilt Ken Whitmore für seine unermüdliche Unterstützung und seine wertvollen Ratschläge.
Rolf Bänziger für seinen Kommentar und die technische Hilfe.
Den Folgenden fürs Lesen und für ihre Kommentare: Barbara Oechsner, Roger Weibel, Regina Steinemann, Dorothy Robinson, Ernesto Keller, Ray Levy, Rita Frank, Karin Graf und Herbert Hiss.
Den Folgenden für ihre Hilfe: der Parkverwaltung von Schaffhausen, den Archiven und der Bibliothek.

Roy Swanepoel, geboren in Südafrika, emigrierte 1975 nach Europa und hat in England, Holland und Griechenland gelebt. Nach einer kaufmännischen Ausbildung arbeitete er abwechselnd als Goldaderprüfer, Schiffsagent, Rechtsanwaltsgehilfe, Musiker, Landarbeiter, Jugendherbergsleiter und Übersetzer, bevor er sich 1984 in Zürich zum Englischlehrer ausbilden ließ. Er lebt und unterrichtet in Schaffhausen und wurde 1999 Bürger der Stadt und Schweizer Staatsbürger. Zur gleichen Zeit entstand auch seine Leidenschaft für Kurzgeschichten. 2003 gewann er den jährlichen Stauffacher Kurzgeschichtenwettbewerb mit seiner Geschichte „Dog Star" („Sirius").

Roy Swanepoel

APRILSCHMERZ 1944

Bibliografische Information der Deutschen Bibliothek:
Die Deutsche Bibliothek verzeichnet diese Publikation in der Deutschen
Nationalbibliografie;
detaillierte Daten sind im Internet über
<http://dnb.ddb.de> abrufbar.

Herstellung und Verlag: Books on Demand GmbH, Norderstedt
ISBN 3-8334-3022-2

Als Oliver Fehr nach drei Amtsperioden als Richter von Schaffhausen in den Ruhestand ging, hielt der Bürgermeister voller Begeisterung eine lange Rede über Olivers – wie er es nannte – ‚souveräne‘ Fähigkeiten als Richter.

„Zwölf Jahre lang gab er der Schweizer Demokratie sein Herzblut“, sagte er. „ Er gab es ihr mit jedem Fall, den er anhörte. Und nach jeder Anhörung musste er das tun, was auch seine Ahnen und Urahnen stets taten: einen Kompromiss suchen, den richtigen Weg finden. Und wie die meisten von uns wissen, fand er tatsächlich immer den richtigen Weg.“

Oliver dachte an den langsamen, ereignislosen Tagen seines Ruhestandes oft an diese Worte zurück. Jedes Mal spürte er dann das Verlangen, wieder dort zu sein. Noch einmal den Geruch des alten Holzes und der Förmlichkeit einzuatmen und den Konturen der Stimmen an jene Orte zu folgen, an denen er die Wahrheit vermutete. Noch ein einziges Mal mit den flinken Fingern seines Verstandes den Knoten zu lösen.

Nun lebten er und Frieda, seine Frau, in ihrem rosa Haus auf dem Emmersberg. Und alle Nebensächlichkeiten des Lebens hatten plötzlich ein schwereres Gewicht. Sie nahmen sich mit jeder Hausarbeit Zeit, damit sie länger dauerte. Sie ärgerten sich, wenn die Post zu spät kam, und hatten lange, aufreibende Diskussionen über Dinge wie Fahrkarten und Blumensamen und ob sie mit dem Auto oder mit dem Bus fahren oder verdammt noch mal zu Fuß gehen sollten. Und dann war da noch dieser aberwitzige Und-was-wenn-wir-Besuch-kriegen-Wahn, der sie jedes Mal beim Einkaufen überkam.

Am schlimmsten war das Aufschieben. Er hatte damit geprahlt, dass er sich, im Gegensatz zu vielen anderen, nicht langweilen würde. Er würde sich an der Seniorenuniversität einschreiben: „Hab die Formulare schon – Geologie –, muss nur noch auf der gestrichelten Linie unterschreiben", und gleichzeitig würde er Spanisch lernen, alle Bände einer Enzyklopädie durchlesen und reisen: „Capri dieses Mal, nicht wieder das Berner Oberland."

Aber dann war ein Jahr vergangen und er hatte nicht viel mehr getan, als seine Mineraliensammlung zu ordnen und sie noch einmal zu ordnen, mit seinem Enkel Eisenbahn zu spielen, Unkraut zu jäten und auf die Versammlungen des Pontonier-Verbandes zu gehen. Manchmal stand er im Garten, mit den Händen in den Taschen, und hoffte entgegen aller Vernunft, dass etwas Widriges passieren würde: ein Braunfäuleausbruch im Gemüsebeet und er mit einer brennenden Fackel. Er verlangte ja gar nicht viel.

An jenem Tag hatte er vor, das Gemeinschaftsgrab der Bombenopfer zu besuchen – und er wusste, dass sich Frieda darüber aufregen würde. Daher wollte er sie nachgiebig stimmen, bevor er ihr davon erzählte.

„Weißt du", sagte er zu Frieda, die neben ihm das Frühstücksgeschirr spülte, „ich habe die Bedeutung des Wortes Ölkanne erst verstanden, als du mir diese hier geschenkt hast." Er betrachtete prüfend das Scharnier der Schranktür und platzierte einen Tropfen Öl genau an die Stelle, an der der Stift in der Hülse saß. Dann nahm er ein Wattestäbchen aus dem Beutel, den er um die Hüfte trug, und tupfte damit die Stelle ab.

Frieda, klein und pummelig, mit stets leicht erhobenen, gespreizten Händen und Perlenohrringen und aufgeregten Ausrufen, lächelte insgeheim. Es war ihr erst kürzlich aufgegangen, dass Oliver sich so sehr dafür begeisterte, im Haus herumzuwerkeln und nach Dingen zu suchen, die geölt werden mussten, weil dies eine natürliche Erweiterung seines Richterberufs war. So viele Jahre lang hatte er die Räder der Gesellschaft in Schaffhausen geölt, hatte sich darum bemüht, dass alles reibungsloser lief. Nun machte er dasselbe mit Gebrauchsgegenständen.

Oliver trat einen Schritt zurück und betrachtete mit seinen silbergrauen, nach oben gewölbten Augenbrauen und seiner blauen, nach links weisenden Fischerkappe zufrieden sein Werk.

„Mein ganzes Leben lang habe ich noch keine Ölkanne mit solchem Fluss und solcher Eleganz gesehen. Schau mal, wie schön der Ausgießer am Ende in dieses schmale Röhrchen übergeht, bis zu dieser feinen Spitze, mit der man das winzigste Öltröpfchen auf das kleinste Scharnier auftragen kann – um damit selbst das leiseste Quietschen abzustellen."

Frieda trocknete sich die Hände an dem gelben Geschirrtuch ab und ging hinüber, um den Wasserkocher auszuschalten.

„Und, weißt du, das ist noch nicht alles", sagte Oliver und setzte sich an den Tisch. „Sie hat oben auch diese wundervolle Daumen-Hebelkontrollvorrichtung. Du brauchst nur mit dem Daumen auf diesen Hebel zu drücken und schon geht der Deckel auf."

„Jungs und ihr Spielzeug", sagte Frieda und goss das heiße Wasser in die Tonteekanne mit dem Drachendesign.

Frieda bemühte sich immer, nicht loszulachen, wenn er so albern war.

Ihm machte es Spaß, sie dabei zu beobachten, weil es ihr nie gelang. Sie war einfach nicht dazu in der Lage, diesen überschäumenden Humor zu zähmen, der immer auf so natürliche Weise aus ihr hervorbrach. Er füllte ihre Augen, und wenn die ersten abgewürgten Quietschlaute ihrem Mund entwichen, tätschelte sie ihre Lippen, so als ob gerade wundervoll skandalöse Dinge passierten.

„Nun weiß ich nicht, wie ihr Frauen zu solchen Dingen steht, Friedi", sagte Oliver mit vertrauensvoll gesenkter Stimme und lehnte sich über den Tisch, „aber die meisten Männer, die ich kenne, drücken oder entsichern gerne etwas, bevor sie es benutzen. Du weißt schon, einen Hahn oder einen Hebel umlegen, bevor man den Startschuss gibt."

„Tatsächlich?"

„Ja, und der Daumenhebel hier befriedigt dieses Verlangen vollkommen, weil man ihn anheben und mit einem Knall wieder zurückschnellen lassen kann, bevor man mit dem Ölen beginnt. Das ist wirklich eins der menschenfreundlichsten Dinge, die man einem Mann geben kann."

Frieda prustete und tätschelte ihre Lippen.

„Ich gehe um zehn zu Petra", sagte Frieda. „Wann bist du von deiner Handorgeli-Stunde zurück?"

„Ich gehe heute nicht hin. Willi holt zum Glück seinen Patensohn vom Flughafen in Zürich ab."

„Zum Glück? Ich dachte, du spielst gerne die alten Lieder?"

„Das ist es ja gerade. Ich mache es nicht mehr gerne und weiß einfach nicht, warum. Wenn ich mit einem anfange, kann ich kaum abwarten, dass es zu Ende ist. Es ist so, als ob ich die Lieder schon so oft aus der Ziehharmonika gequetscht habe, dass einfach kein Saft mehr darin ist. Aber das kann ich Willi nicht sagen, ihm macht es so viel Spaß, mir Stunden zu geben."

Frieda goss etwas Tee in seine Tasse, begutachtete die Farbe und schenkte ihm dann ein.

„Du bleibst also zu Hause", sagte sie.

Oliver warf ihr einen Blick von der Seite zu. „Nein, ich mache mal einen Spaziergang zum Waldfriedhof."

„Oh", sagte sie.

Oliver hatte auf dieses ‚Oh' schon gewartet. Offenbar hatte seine Mutter Frieda einmal erzählt, dass ein Mädchen, das er geliebt hatte, beim Bombenangriff ums Leben gekommen war. Jetzt sagte sie immer ‚Oh', wenn er die Gräber besuchte.

„Franz Sulzberger hat mir erzählt, dass die Amerikaner seit vierundvierzig jedes Jahr einen Blumenstrauß zur Grabstätte geschickt hätten. Hast du das gewusst?", fragte Oliver.

„Natürlich. Jedes Jahr am ersten April. Das habe ich dir doch selbst gesagt."

„Ja, nun, egal, auf jeden Fall ist heute der erste April – und der Bombenabwurf ist genau vierzig Jahre her. Du weißt doch, was das bedeutet, oder? Sie haben bestimmt einen

Blumenstrauß für jedes Opfer geschickt. Und es ist gut möglich, dass dies das letzte Mal war. Also werde ich hingehen und mir das anschauen."

Friedas Hände wurden unruhig, tätschelten hier, glätteten da.

Er wünschte sich, er hätte ihr nichts gesagt. Sie war so empfindlich, wenn es um die lang verstorbene Hildi ging.

„Ich weiß", sagte er, „das ist die Art von Unternehmung, für die sich nur ein älterer Mann begeistern kann."

Sie pickte einige Zuckerkörnchen auf und strich sie auf ihre Untertasse. „Nimmst du auch Blumen mit?"

„Meinst du, das sollte ich?"

„Na ja, ich …", Frieda blinzelte. „Nun ja, ich glaube schon."

„Was denn für welche?"

„Nun ja, es ist die Jahreszeit für Osterglocken."

„Schön, dann werden es also Osterglocken sein."

Oliver spürte durch das Wohnzimmerfenster Friedas Blicke, als er das Haus verließ. Er fand sein Verhalten grausam. Andererseits gab es ihm ein Gefühl von Wärme, dass sie ihn für sich alleine wollte. Er kaufte im Coop Osterglocken und machte sich durch das Grubental auf zum Waldfriedhof. Der Himmel war grau und wolkenverhangen und die Straßen waren schwarz vor Nässe. Oliver ging unter seinem Regenschirm den Berg hinauf und dachte über Blumensträuße und Bomben nach. Vierhundert Bomben hatten sie abgeworfen. Vierhundert, auf so eine kleine Stadt.

Ein Taxi zischte vorbei, die Rücklichter violett im trüben Licht. An der Ecke wurde es langsamer und die Bremslichter leuchteten auf. Das plötzliche intensive Licht erinnerte ihn an die Feuerzunge, die er am Tag des Bombenabwurfs an Hildis Fenster gesehen hatte. Er war zwanzig zu der Zeit, ein Pionier in der Armee, übers Wochenende auf Urlaub zu Hause. Seine Eltern und Brüder waren gerade in Thayngen, um seinem Onkel Jürg im Weinberg zu helfen.

Als die Sirenen losheulten, lag er gerade auf der Couch und las ein Buch über Napoleon. Wie viele andere machte er sich nicht mehr die Mühe, einen Luftschutzbunker aufzusuchen – es passierte ja nie etwas. Die Schweizer Kreuze auf den Dächern und Feldern beschützten sie. Aber er wollte die Flugzeuge sehen und stand auf. Dann geschah alles in schneller Folge: Ein fernes, krachendes Geräusch, das Fenster vor ihm ging zu Bruch, dann erschütterte eine gewaltige erdbebenartige Explosion das Gebäude. Er sah die Flamme an Hildis Fenster gegenüber; dann war alles vorüber.

Er fand sich mit dem Gesicht zur Erde unter einer Mauer wieder, den Mund voller Zement. Er erinnerte sich noch genau daran, dass er dachte, wie verdammt gemütlich es doch war, unter einer Mauer begraben zu liegen, wie schön eine Mauer einen um die Schultern herum zudeckt. Er hörte sich selbst stammeln: „Gefreiter Fehr, Herr Leutnant, Gefreiter Fehr." Seine Stimme klang seltsam und altmodisch. Dann sah er sein Fahrrad, das an Hildis Wand lehnte, und darum herum waren Hunderte von Fenstern, die sich in offene Münder und dann wieder in Fenster verwandelten. Und unter größter Anstrengung versuchte er zu verstehen, was die Münder sagten, aber es war zu laut um ihn herum.

Einen Tag lang trübten die bizarren, zusammenhanglosen Bilder der Gehirnerschütterung seinen Verstand. Er sah seine Mutter, wie sie an seinem Krankenhausbett saß, und die grünen, glänzenden Federn an ihrem Hut und fühlte ihre Hand, die seine wärmte. Dann, mit nicht zurückgehaltenen Tränen, die ihr die Wange hinunterliefen, sagte sie ihm, dass Hildi tot sei. Zu jenem Zeitpunkt war er nicht in der Lage gewesen zu verstehen, was sie ihm gesagt hatte. Was ihm damals Sorge bereitete, war eher die Erkenntnis, dass sie wusste, dass er in Hildi verliebt war. Es erschien ihm unmöglich, dass sie davon wusste, aber sie sagte immer wieder: „Es tut mir so Leid für dich, Junge, so Leid." Dass seine Sehnsüchte durchschaut worden waren, erfüllte ihn mit einem unerklärlichen Schamgefühl.

Dann kam der Tag, an dem sein Vater ihn aus dem Krankenhaus abholte und ihn durch die zerstörten Straßen seiner Heimatstadt führte. Das Gesicht seines Vaters hatte sich verändert. Die harten, missbilligenden Züge um Mund und Augen waren verschwunden. Sein Gesicht erschien straffer, sogar jünger. Eine Stunde lang wanderten sie in den Straßen umher – mit einem für sie beide bis dahin nicht gekannten Gefühl der Zusammengehörigkeit.

Große Teile der Altstadt waren wie weggerissen; die Straßen waren mit schwarzem Wasser und Schutt bedeckt und an den Wänden sah man purpurfarbene Brandspuren. Menschen wanderten mit offenen Mündern von Ruine zu Ruine und schauten nach oben. Pflastersteine lagen wie abgebrochene Zähne um die Krater in den Straßen herum und sie sahen, wie Männer eine riesige Schweizer Flagge auf ein Dach in der Vordergasse spannten. Das neunhundert Jahre alte Allerheiligenkloster, Ursprung der Stadt, mit seinen Gewölben und seinem friedvollen Kreuzgang, war am Eingang getroffen worden. Von dem Museum standen nur noch vor Schreck erbleichte Mauern, deren Fenster auf die zersplitterten Überreste des Daches starrten. Überall lagen Schindeln aus Holz.

Er brauchte zwei Wochen, um den Mut zu fassen, zum Gemeinschaftsgrab auf dem Waldfriedhof zu gehen. Mit seinem gebrochenen Arm und seinen gebrochenen Rippen und einem langen, schorfigen Schnitt in seiner rechten Gesichtshälfte stand er an Hildis Grab. Wie müde er sich an jenem Tag gefühlt hatte. Er hatte versucht, sich ein Bild von ihr ins Gedächtnis zu rufen, hatte aber nur rote Münder und Fenster gesehen. Viele Jahre vergingen, bevor er wieder einen Blick auf ihr kesses Lächeln erhaschen konnte und auf ihre weißen Arme, die sich beim Gehen wie nickende Schwäne bewegten. Sie war zwanzig, kam aus Bern und war nach Schaffhausen gekommen, um ihrer alternden Tante zu helfen. Ihre Liebe war noch so jung gewesen, so unbeholfen, so voller Missverständnisse und qualvoller Momente des Schweigens.

Frieda glaubte, er müsse zum Waldfriedhof gehen, um Hildi zu sehen, aber in Wirklichkeit erinnerte er sich am deutlichsten an sie, wenn er unter den hohen Platanen am Rheinufer stand. Unter diesen Bäumen hatte sie ihm an einem Winternachmittag erzählt, dass sie Näherin von Beruf war und prächtige festliche Abendkleider für feine Damen nähte. Sie begann, ihm alles über die wunderschönen Stoffe zu erzählen, die sie verwendete, brach dann aber ab, offenbar weil sie glaubte, ihn würde das nicht interessieren. Er hielt gerade ihre Hand und hätte sie so gerne aufgefordert weiterzuerzählen. Aber er war sprachlos vor Liebe. Nie hatte sich irgendetwas für ihn einnehmender, auf natürliche Weise weiblicher angehört als ihre Art, die Abendkleider zu beschreiben.

Ein Windstoß, der den sauberen Geruch von Regen mit sich brachte, wirbelte um ihn herum und er hielt seinen Hut am Rand fest, als er die Straße überquerte und durch den Eingang des Friedhofs schritt. Dort war es sofort windstill. Rechts stand ein gelbes Haus mit einem Bogengang, links eine Kapelle mit einer roten Turmspitze. Vor ihm spaltete sich der Hauptweg und verlief fingerförmig in die Bäume. Das ganze Areal war verlassen, abgesehen von einem älteren Mann und einer Frau, die in etwa einhundert Metern Entfernung unter einem großen Ahornbaum standen. Der Mann zeigte mit seinem Stock nach oben in die Zweige, mit beharrlichen, stoßenden Bewegungen; die Frau hatte die Hände im Rücken verschränkt und schüttelte den Kopf. Das lautlose Schauspiel amüsierte ihn. Der Mann in eine Richtung strebend, die Frau in die andere. Sein Lächeln verging, als ihm eine andere Interpretation des Schauspiels in den Sinn kam: Der schüttelnde Kopf – nein, sie werden uns nicht bombardieren; der nach oben weisende Stock – aber sie bombardieren uns doch.

Mit erhobenem Regenschirm und dem auf seinem linken Arm ruhenden Osterglockenstrauß betrat er den Wald. Der Kies knirschte nass unter seinen Schuhen und seine Blicke wanderten von den Gräbern zu den ersten spärlichen Blättern der Bäume, zu einem cremefarbenen Engel auf der Anhöhe. Seine Gedanken drifteten zwischen Vergangenheit und Gegenwart hin und her und er fand Freude an dem gedämpften Läuten der Kapellenglocke und am Anblick der flackernden Kerzen, die in roten Haltern auf den Gräbern standen.

Der Wald öffnete sich und weiter oben sah er rechter Hand die grüne Bank, die dem Gemeinschaftsgrab am Wegesrand gegenüber stand. Erst als er den Halbkreis der Gräber voll in seinem Blickwinkel hatte, sah er einen Mann mit dunklem Mantel und einem silberfarbenen Filzhut, der sich über eines der Gräber beugte. Der Mann legte irgendetwas auf das Grab. Oliver vernahm ein Murmeln. Zuerst dachte er, er habe Blumen auf das Grab gelegt, aber als der Mann sich zum nächsten Grab wandte, sah er keine Blumen. Wieder bückte sich der Mann und legte etwas auf das Grab. Oliver blieb stehen. Im gleichen Moment drehte der Mann sich um und erblickte ihn. Ruckartig setzte sich Oliver wieder in Bewegung. Da er sich etwas unbehaglich fühlte, zog er in Betracht, später noch einmal wiederzukommen, doch sein Interesse war geweckt worden: Er wollte wissen, was der Mann auf die Gräber legte. Mit der Hand wischte er etwas Wasser von der Bank, setzte sich hin und legte die Osterglocken vorsichtig neben sich. Der Rand seines Regenschirmes hing tief und erlaubte ihm, den Mann mit einer gewissen

Diskretion zu beobachten. Wieder schaute der Mann sich um. Oliver nickte zum Gruß, aber der Mann hatte den Blick schon wieder abgewandt.

Die Grabstätte war offen und luftig – ein Halbkreis dunkler Grabsteine, die um eine gelbe Grasfläche standen. Rechts standen zwei Granitmauern und eine große Steinvase voller roter und weißer Blumen. Die graue, mit Moos bewachsene Statue einer knienden Frau wachte über die Szene.

Der Mann stand bewegungslos, mit dem Rücken zu Oliver, seine Silhouette verschwommen im Nieselregen. Dann griff er in die Ledertasche, die über seiner Schulter hing, nahm etwas heraus, legte es am Fuße eines Grabes nieder und ging weiter. Oliver schaute in Aufmerksamkeit versunken zu. Der Mann suchte jedes Grab auf, ging dann zu den Gedenkmauern zurück und legte einen Gegenstand nach dem anderen oben auf die Mauern. Die Gegenstände klickten, als er sie auf den Stein legte.

Dann sah Oliver, was es war.

Steine. Er legte Steine auf die Gräber.

Die Erkenntnis überraschte ihn, berührte ihn. Er schüttelte den Kopf.

Es waren verschiedene Gesteinsarten, einige heller als die anderen.

Die Geste erschien ihm so rein, so natürlich. Er spürte ein heftiges Verlangen, mit dem Mann zu reden, um ihm seine Freude über die Geste und ihr gemeinsames Interesse an Mineralien mitzuteilen.

Der Mann machte die Schnalle seiner Tasche zu, als habe

er vor zu gehen. Oliver schnappte sich den Blumenstrauß und eilte zur Grabstätte. Der Mann stand in der Mitte der Gräberkurve. Oliver ging nach links. Seine Schritte erklangen auf dem Weg aus Steinplatten, der am Fußende der Gräber entlangführte. Der Mann drehte sich um und schaute ihn an. Oliver blieb am Fuß des ersten Grabes stehen. Vor ihm lag ein schöner Aquamarinklumpen – nass und glänzend. Auf dem nächsten Grab schimmerte ein runder puderrosa Stein auf dem Sand. Er bückte sich, um sich das Rosa genauer anzusehen.

„Wunderschön", sagte er unter seinem Regenschirm, „wirklich sehr schön." Er richtete sich auf und nickte anerkennend.

„Danke", sagte der Mann. Auch er war groß und nicht mehr ganz jung, aber er hatte ein rötliches, sommersprossiges Gesicht, weiße Wimpern und eine spitze Nase. Aufgrund seiner langen v-förmigen Tränensäcke schienen seine Augen merkwürdig tief im Gesicht zu sitzen. Oliver fiel der Aufkleber einer Fluggesellschaft an seiner Tasche auf.

„Das ist Muschelkalkstein, nicht wahr?", sagte er und zeigte auf einen dunklen Stein mit muschelförmiger Zeichnung.

Der Mann nickte.

„Ist das ein Syenit?" Er zeigte auf einen grün-braunen Stein auf dem nächsten Grab. Er wusste genau, dass es keiner war.

Der Mann antwortete nicht. Seine Augen blickten wachsam durch seine schwarz umrandete Brille. Seine Aufmerksamkeit galt der Narbe auf Olivers Wange.

„Bitte entschuldigen Sie, dass ich Sie gestört habe", sagte

Oliver. „Die Steine haben mich so neugierig gemacht. Das ist ein Hobby von mir."

„Nein, das ist ein Dunit", sagte der Mann, „vom Mount Dun in Neuseeland."

Der Mann sprach Deutsch mit einem Akzent. Oliver warf einen Blick auf den Aufkleber der Fluggesellschaft, konnte den Namen aber nicht lesen. „Es ist wirklich eine schöne Idee. Sind die Steine auf der Gedächtnismauer für die, die hier nicht begraben liegen?"

„Ja, genau", sagte der Mann. Er scharrte mit den Füßen.

„Darf ich fragen – haben Sie jemanden hier liegen?", sagte Oliver.

„Ich? Nein, nicht wirklich."

Jetzt erkannte Oliver den Akzent. Der Mann war Amerikaner. Er hörte es an der zähen Aussprache von „nicht wirklich".

Es hatte aufgehört zu regnen. Oliver klappte seinen Regenschirm zusammen und ließ den Verschluss einrasten. Irgendwie passte es ihm nicht, dass hier ein Amerikaner war. Wer konnte der Kerl sein, und was wollte er hier? Er wollte gerade nachfragen, als der Fremde sagte: „Und Sie, mein Herr? Haben Sie hier Verwandte liegen?"

„Nein", sagte Oliver.

Der Mann wirkte erleichtert.

„Nein", sagte Oliver. „Aber meine Freundin, meine erste Liebe. Sie liegt dort drüben. Sie war zwanzig."

Der Mann fuhr sich mit der Zunge über den Mundwinkel. „Ihre erste Liebe?" Seine Stimme klang beklommen.

„Ja. Die ganz besondere – wie man so sagt."

Im Wald begannen zwei Krähen in lauten, johlenden Tönen zu krächzen, wie betrunkene Männer.

„Mir ist Ihr amerikanischer Akzent aufgefallen", sagte Oliver. „Haben Sie heute diesen wundervollen Blumenstrauß gebracht?"

„Wie bitte?"

„Die Blumen." Oliver machte eine Geste.

„Oh, die meinen Sie. Nein, das war ich nicht."

Olivers Blick huschte über das Gesicht des Mannes. Warum sah er so extrem beunruhigt aus? Ein vager Verdacht überkam ihn.

„Mein Herr", sagte der Mann. „Ich glaube, ich sollte es Ihnen sagen." Er holte tief Luft und sah Oliver in die Augen.

„Ja?"

„Ich bin einer der Männer, die am ersten April Ihre Stadt bombardiert haben."

Oliver blinzelte und gab einen seltsamen, fast wie ein Lachen klingenden ungläubigen Laut von sich.

„Was? Oh nein. Oh Gott, wirklich?"

Der Atem des Mannes beschleunigte sich. „Ja."

„Also sind Sie – sind Sie hierher zurückgekommen. Nach vierzig Jahren sind Sie zurückgekommen."

„Das stimmt." Der Fremde sah ihn flehend, um Zustimmung, um Verständnis bittend an.

Oliver fühlte, wie er die Beherrschung verlor; die Worte stürzten aus ihm hervor: „Und? Wie fühlt es sich an, die Gräber Ihrer Opfer zu sehen, hm? Vierzig Menschen haben Sie umgebracht! Vierzig Menschen!"

Der Mann blickte auf seine Schuhe.

„Vierzig Menschen!", schrie Oliver. „Meine Hildi!"

„Bitte …", sagte der Mann mit zusammengebissenen Zähnen, „bitte schreien Sie nicht. Nicht an den Gräbern. Bitte haben Sie Respekt. Schreien Sie nicht."

„Was? Ich schreie, wo ich will! Wenn Sie …"

Er hielt inne, sein Mund immer noch halb geöffnet. Sie standen einander gegenüber, traten voller Unbehagen von einem Fuß auf den anderen, wie zwei bleifüßige Männer bei dem Versuch, ihnen nicht vertraute Tanzschritte beizubringen. Beide schienen sich vor dem zu fürchten, was nun passieren würde.

Plötzlich schwebte der unverkennbare Geruch von gegrilltem Fleisch über den Gräbern. Oliver drehte sich zu den Häusern auf der anderen Straßenseite um. Vom Balkon einer Wohnung stieg Rauch auf. Mal wieder einer von diesen verdammten Idioten auf seinem Balkon, der die ganze Nachbarschaft ausräucherte, um zwei *Servelas* zu grillen. Wie oft hatte er über solch lächerliche Fälle zu Gericht gesessen.

Der Mann sprach.

„Waren Sie während des Bombenangriffs hier?"

Oliver wollte seiner Wut freien Lauf lassen. Dann hörte er wieder die Worte des Bürgermeisters: ‚Seine souveränen Fähigkeiten als Richter'.

Mit spitzem Zeigefinger berührte er die weiße Narbe auf seiner Wange.

„Oh Gott", sagte der Amerikaner. „Was kann ich nur sagen? Es tut mir so Leid. Und was Ihre Freundin angeht. Was kann ich nur sagen?"

Oliver schaute weg.

„Mein Name ist Barry Knotts – was immer er auch wert sein mag", sagte der Mann.

Oliver zögerte. „Oliver Fehr", sagte er. Auf gewohnte Schweizer Art wollte er dem Mann die Hand geben, ließ sie dann aber verlegen wieder fallen, ohne sie zu schütteln.

„Könnten Sie mir bitte etwas erklären?", sagte Barry. „Glauben die Leute hier, dass wir ihre Stadt absichtlich bombardiert haben – als Warnung, damit sie nicht mit den Deutschen kollaborieren? Und ...", er seufzte, „glauben sie wirklich, dass der Bombenangriff für uns ein Aprilscherz war?"

Oliver nahm sich mit seiner Antwort Zeit. „Ja, ich glaube, dass viele so denken. Wie könnten sie auch anders, wenn jemand ihre Stadt ohne ersichtlichen Grund bombardiert?"

„Und was glauben Sie?"

Wieder zögerte Oliver, bevor er antwortete. „Ich bin mir nicht sicher. Die amerikanische Version ist, dass euer Bordradar nicht richtig funktionierte und der starke Wind euch vom Kurs abgebracht hatte. Ihr konntet durch den Bodennebel nichts sehen und flogt am Bodensee Richtung Schweiz. Ist das richtig?"

„Ja."

„Dann seid ihr umgedreht und hierher zurückgekommen. Wir wissen, dass ihr über die Schweiz geflogen seid. Man sah euch über Wil. Dann saht ihr eine kleine Stadt nördlich des Rheins, glaubtet, dass es eine deutsche Stadt sei, und legtet sie in Schutt und Asche. Ist *das* richtig?"

„Mehr oder weniger."

Oliver beugte sich zu Barry hinüber und sagte langsam und bedächtig: „Was sich alle fragen, ist, warum ihr die Schweizer Kreuze auf den Dächern und Feldern nicht gesehen habt."

„Das kann ich mir auch nicht erklären."

„Sie haben sie nicht gesehen?", sagte Oliver.

„Nein, nicht bewusst."

„Bewusst? Was soll das heißen?"

„Ich war mir ihrer nicht bewusst."

„Jahrelang haben uns diese Kreuze vor Luftangriffen beschützt, warum nicht vor euch?"

„Ich sage Ihnen, ich habe die Kreuze nicht gesehen." Barrys Augen waren blau und ruhig.

„Was haben Sie an jenem Tag gesehen? Wo genau saßen Sie im Flugzeug?"

„Im Bombenschützensitz, in der Nase."

„*Gopf*", sagte Oliver und stieß mit der Schirmspitze auf den Boden. „Sie haben die Bomben abgeworfen? Mit diesen Händen? Sie waren der Bomber?"

„Ja, verdammt noch mal. Das war mein Job. Mein verfluchter Job. Meinen Sie, ich habe das zum Spaß gemacht?"

Oliver fühlte, wie ihm plötzlich schwindlig wurde. Er setzte sich auf die Steinbank gegenüber der Gedenkmauer.

Barry setzte sich neben ihn. „Ist alles in Ordnung?" Er nahm eine Flasche aus seiner Tasche. „Hier, trinken Sie einen Schluck daraus."

Oliver schob sie weg.

Barry machte die Flasche wieder zu. „Ich denke, ich gehe jetzt besser", sagte er und stand auf.

Oliver griff ihm an den Ärmel. „Nein", sagte er. „Warten Sie. Sie wollten meine Meinung hören. Ich glaube, ihr habt uns absichtlich bombardiert, als Warnung, damit wir nicht kollaborieren."

Barry setzte sich wieder.

„Hören Sie", sagte er. „Ich habe mich damit beschäftigt. Ich habe die Berichte gelesen. Die Geschichte mit der Kollaboration ist einfach nicht schlüssig. Sie stammt von den deutschen, nicht von den Schweizer Zeitungen. Die Behauptung ergibt keinen Sinn."

„Warum nicht?"

„Was hätte das gebracht? Euer Handel mit Deutschland war laut internationalem Gesetz legal und für euch überlebenswichtig. Drei, vier Jahre lang wart ihr von den Achsenmächten umgeben. Die Alliierten wussten das, und wir wussten auch, dass euer Handel mit Deutschland zurückging, als sich neue Möglichkeiten eröffneten."

Barry streckte die Hände aus.

„Warum hättet ihr zu diesem Zeitpunkt des Krieges mit den Deutschen kollaborieren sollen – als sie an allen Fronten verloren? Fünf Jahre lang waren sie eine Bedrohung für eure Grenzen gewesen und wären einundvierzig fast einmarschiert. Hättet ihr nicht froh sein müssen, von ihnen befreit zu werden?"

„Selbstverständlich wollten wir das."

„Sehen Sie? Warum hätten wir Amerikaner also einen internationalen Skandal riskieren und vierzig Millionen Franken Entschädigung zahlen sollen, nur um etwas klarzustellen, dass keiner Klarstellung bedurfte? Und warum hätten wir ein Land angreifen sollen, das unseren Piloten Zuflucht gewährte? Ungefähr siebzehnhundert unserer Jungs sind hier gelandet."

Oliver erhob sich, schritt auf und ab und blieb dann vor Barry stehen.

„Aber warum, verdammt noch mal, habt ihr Schaffhausen dann bombardiert?"

„Weiß Gott, warum. Ich glaube, das werden wir nie herausfinden."

„Aber Sie waren doch dabei! Sie waren in dem verfluchten Flugzeug!"

„Es war ein Versehen! Wir erfuhren erst einen Tag später, dass wir eine Schweizer Stadt bombardiert hatten. Und dann war es zu spät. Viel zu spät."

Oliver ging auf und ab, dann kam er wieder zurück.

„Warum sind Sie heute hierher gekommen?"

„Ich wünschte, ich könnte sagen, ich wäre aus eigenem Antrieb gekommen, aber das ist nicht der Fall. Meine Frau hat mich dazu gezwungen."

Oliver starrte ihn an. „Ihre Frau hat Sie gezwungen? Wollen Sie damit sagen, dass Sie nicht einmal freiwillig gekommen sind? Sie wurden dazu gezwungen?"

Barry zeigte auf die Gräber. „Diese Menschen haben mich vierzig Jahre lang verfolgt. Alle diese Leben – ungelebt, meinetwegen. Vierzig Jahre! Wissen Sie, was das für ein Gefühl ist? Ich wäre vielleicht schon früher gekommen, aber dann erfuhr ich von all diesen gottverdammten Gerüchten. Man wird mir noch nicht einmal glauben, dass es mir Leid tut, Herrgott noch mal!"

„Na und? Na und?", sagte Oliver. „Das heißt noch lange nicht, dass Sie das nicht sagen sollten!"

Sie hörten Stimmen und drehten sich um. Ein Paar mit einem Jungen und einem Mädchen erschien auf dem Weg und ging auf die Gräber zu. Barry sah Oliver an.

„Vierhundert Bomben haben sie abgeworfen", sagte der Vater gerade zu seinem Sohn.

„Warum haben wir sie nicht abgeschossen, Papi?", fragte der Junge.

„Die Amerikaner waren nicht unsere Feinde. Aber wenn wir Flugabwehrwaffen gehabt hätten, hätten wir es getan. Diese Schweine."

Oliver sah Barry an. Die Familie kam näher.

„He, schaut euch mal den Stein an!", sagte das Mädchen.

„Claudia, lass ihn da liegen", sagte die Mutter.

„He, das ist noch einer", sagte der Junge.

„Herr Fehr?", sagte der Mann, als er Olivers Gesicht sah. „Ja, grüezi."

„Reto", sagte Oliver, der den jungen Mann als Mitglied des Pontonier-Verbandes erkannte. Er schüttelte ihm die Hand und begrüßte seine Familie.

Das Ehepaar sah Barry fragend an.

„Dies ist Herr Knotts. Er … macht hier in der Schweiz Urlaub."

Sie gaben sich die Hände.

„Woher kommen Sie, Herr Knotts?", fragte Reto.

„Aus Seattle", sagte Barry.

„Seattle in den USA?", sagte Reto und warf seiner Frau einen Blick zu.

„Ja."

Retos Unbehagen wegen seiner lauten Bemerkungen kurz zuvor war fast greifbar. Dass Oliver, mit dem er voller Achtung sprach, anscheinend in einem freundschaftlichen Verhältnis zu Barry stand, machte die Lage nur noch schlimmer. Als er noch einmal seine Frau ansah, bemerkten Oliver und Barry, dass beide sich gerade fragten, was Barry hier wollte. Retos Frau trat unbeabsichtigt einen Schritt nach hinten und versuchte dann, dies zu verbergen.

Oliver öffnete seinen Mund, um etwas zu sagen.

„Ich bin zum Teil auch geschäftlich hier", sagte Barry. „Ich arbeite für Boeing und bin auf dem Weg zu Dornier in Ludwigshafen. Wir arbeiten gemeinsam an einem Projekt."

„Oh, ich verstehe. Sie … Sie bauen Flugzeuge?"

„Ja."

„Oh, wie interessant. Sind Sie zum ersten Mal in Schaffhausen? In der Schweiz?"

„Nein, nicht zum ersten Mal."

„Oh, ich verstehe."

„Ich habe mir früher einmal Genf angeschaut."

„Ah, so", sagte Reto und lachte nervös.

„Papa", sagte das Mädchen, „schau dir all diese schönen Steine an. Kann ich mir nicht einen davon nehmen?"

„Nein", sagte die Mutter, sichtlich erleichtert durch die Unterbrechung.

„Herr Knotts und ich sprachen gerade über die Steine und was für ein schönes Geschenk sie doch sind", sagte Oliver.

„Claudia, leg diesen Stein sofort wieder hin."

„Ach, Mutti", sagte das Mädchen verärgert und knallte den Stein auf die Gedenkmauer.

„Gut, wir sehen uns dann also Mittwoch auf der Versammlung, Herr Fehr."

Reto nahm die Hand seiner Tochter. „Und schön, Sie kennen gelernt zu haben, Herr …"

„Knotts", sagte Barry.

Das Ehepaar eilte davon und zog die Kinder hinter sich her.

„Aber ich habe mir noch nicht einmal die Blumen angeschaut", quengelte das Mädchen.

„Warum ist der Amerikaner hier, Papi?", sagte der Junge.

Oliver stand da und schaute Reto hinterher. Er fragte sich, ob er ihn eines Tages nach Barry fragen würde.

Die Männer waren still, beide blickten zu Boden.

„Warum haben Sie es ihnen nicht gesagt?", sagte Barry.

Oliver zuckte mit den Schultern.

„Sie sagen, Ihre Frau habe Sie dazu gezwungen, hierher zu kommen", sagte Oliver.

„Ja. Kate ist … sehr empfindsam. Ist halt Irin. Sie bildete sich ein, Zeichen gesehen zu haben, dass unserer Familie etwas zustoßen würde, wenn ich nicht hierher kommen und Frieden mit den Opfern schließen würde."

„Zeichen? Was denn für Zeichen?"

„Es begann damit, dass unsere sechsjährige Enkelin aus unserem Gartentor direkt in ein fahrendes Auto lief. Sie starb noch auf der Stelle, vor unseren und den Augen ihrer Eltern. Der Fahrer war ein junger Schweizer, der in Seattle Urlaub machte."

Oliver drehte sich mit einem Ruck zu ihm um. Barry blickte starr in die Bäume.

„Zwei Wochen danach sprach ich im Schlaf und Kate hatte angeblich gehört, wie ich Worte wie ‚Schweiz' und ‚Bombenangriff' und ‚Schaffhausen' stammelte. Sie weckte mich und fragte mich danach. Ich hatte ihr nie von dem Bombenangriff erzählt. Ich sagte ihr, sie solle sich wieder hinlegen, dass ich nur wirr im Schlaf vor mich hingeredet habe."

Barry seufzte.

„Normalerweise hätte sie die Erklärung akzeptiert. Aber der Verlust von Gloria, unserem Enkelkind, hat Kate verändert. Sie informierte sich über Schaffhausen und den Bombenangriff und fand heraus, dass ich zu der Zeit im 392. Regiment war. Letzten Mittwoch hat sie mich damit konfrontiert; das war zwei Tage vor meinem Flug nach Europa."

Regentropfen hingen wie eine Perlenschnur am Rand von Barrys Hut. Er starrte in die dampfenden Bäume.

„Sie hatte sich eine ganze Kette von Zufällen zurechtgewoben, so wie nur Kate das kann. Sie fragte, warum ich von dem Bombenangriff geträumt hatte, so kurz nachdem ein Schweizer unsere Enkelin getötet hatte. Sie fragte, warum ich am ersten April so nahe bei Schaffhausen sein würde."

„Sie wusste davon?"

„Ja, und sie fragte, warum es gerade jetzt passierte, warum genau vierzig Jahre nach dem Bombenangriff, warum genau vierzig Opfer. Sie war außer sich."

Aus dem Augenwinkel sah Oliver die Statue der knienden Frau. Sie schien größer geworden zu sein. Er dachte an Hildi.

„Ich kam hierher, weil ich sie nicht verlieren will. Aber ich weiß, sie wird mir nie verzeihen, dass ich ihr nichts von dem Bombenangriff erzählt habe. Ist das nicht eine Ironie des Schicksals? Ich meine, wenn sie nicht …"

„Glauben Sie an die Zeichen?", sagte Oliver.

„Nein. Aber auf dem Weg zum Flughafen beschloss ich, ihr zuliebe hierher zu kommen. Ich wollte ihr das sagen, kurz bevor ich abflog. Dann entdeckte ich, dass sie meine Mineraliensammlung in mein Gepäck gesteckt hatte. Ich war wütend auf sie, weil sie mich zwingen wollte, und warf die Steine auf den Parkplatz. Und sie hockte da im Regen, weinte und sammelte die Steine wieder ein."

„Hat sich für Sie etwas verändert dadurch, dass Sie hierher gekommen sind?"

Barry blieb eine Zeit lang still.

„Ja, ja, das hat es. Bevor Sie kamen, habe ich das Grab des Kindes dort drüben gesehen." Er machte eine Geste. „Da ist etwas Seltsames passiert, wissen Sie. Ich hatte Regen auf meine Brille bekommen und durch die herunterlaufenden Tropfen sah es so aus, als ob ihr Grab sich bewegte. Es war so, als ob sie mir antwortete, als ich ihr sagte, dass es mir Leid tue. Als ob sie nicht glaubte, dass es Absicht gewesen sei. Das habe ich bei keinem der anderen Gräber gespürt."

Die beiden Krähen begannen wieder zu krächzen.

„Ich habe ihr ein Stück Obsidian aus Glass Buttes in Oregon dagelassen", sagte Barry. Er schritt hinüber zu dem Grab, hob einen glasigen schwarzen Stein auf und brachte ihn Oliver.

„Ich gab ihn ihr, weil er hier diese helleren Flecken hat." Er zeigte auf ein paar rauchig weiße Stellen im Schwarz. „Sagte ihr, dass wir sie ‚Apachentränen' nennen. Dann fiel mir ein, dass ein Kind aus der Schweiz sich unter Apachen nichts vorstellen kann. Und ich habe ihr … zehn Minuten lang erklärt, was ein Apache ist."

Oliver schaute sich den Stein genau an und drehte ihn zwischen seinen Fingern. Er gab ihn Barry zurück.

„Wissen Sie, Herr Fehr", sagte Barry, „in jedem Winkel dieser Tragödie sah ich mich mit der Frage der Vergebung konfrontiert. Als dieser junge Kerl unsere Enkelin getötet hatte, konnte ich mich nicht zurückhalten: Ich bin auf ihn losgegangen. Er stand nur da und ich schlug auf ihn ein. Er hob noch nicht einmal die Arme, um sich zu schützen. Es war so, als wolle er, dass ich ihn schlage."

Er steckte die Hände in die Manteltaschen.

„Wie oft habe ich ihn da stehen sehen, den Mund blutverschmiert, mit herabhängenden Armen. Ich schäme mich, dass ich ihn geschlagen habe, und ich weiß, dass er nichts dafür konnte. Aber ich weiß auch, dass ich ihm nie werde vergeben können. Eine solche Seelengröße besitze ich einfach nicht." Er schüttelte den Kopf. „Und wenn ich ihm nicht vergeben kann, wie kann ich von diesen armen Seelen und ihren Familien erwarten, dass sie mir vergeben?"

„Für mich, hier, heute, in diesem Augenblick", sagte Oliver, „hat das nichts mit Seelengröße zu tun, sondern mit Ehrlichkeit. Wenn ich Ihnen sagen würde, dass ich Ihnen vergebe, würde ich lügen. Immer wenn ich darüber nachdenke, fühle ich mich betrogen, ich fühle den Schmerz wieder aufs Neue. All die mildernden Umstände haben daran nichts geändert."

„Nein, das können Sie nicht, nicht wahr?"

„Und wissen Sie was, Herr Knotts, obwohl ich an Gerechtigkeit glaube, vergebe ich mir dafür, dass ich so fühle. Einmal im Leben bin ich bereit, der Wahrheit über mich selbst ins Gesicht zu sehen."

„Also bin ich selbst der Einzige, dem ich vergeben kann, das Opfer – derjenige, dem nicht vergeben werden muss. Ist das die verdrehte Wahrheit?"

„Verdreht?", sagte Oliver. „Nein, es ist nur eine andere Wahrheit."

Der Wald war vollkommen lautlos. Barry begutachtete den schwarzen Stein in seinen Händen, ging dann zu dem Grab des Kindes hinüber. Er küsste den Stein und legte ihn an den Fuß des Grabes. Er trat zurück, den Kopf gesenkt. Durch die Bäume fiel ein heller Lichtstrahl auf ihn und hob seine Silhouette hervor. Oliver hatte den Eindruck, Barrys Gedanken an das Kind hören zu können, seine tiefe, beruhigende Stimme. Sie hatte den gleichen liebevollen Klang, den er in Barrys Stimme gehört hatte, als er von Kate und Gloria sprach.

Barry trat auf den Weg zurück. Er sah Oliver an. Sein Gesicht schien rötlicher als zuvor.

„Danke, dass Sie sich Zeit für mich genommen haben, Herr Fehr. Es war nett von Ihnen, mit mir zu sprechen. Und das mit Ihrer Freundin tut mir wahnsinnig Leid." Er drehte sich um und ging Richtung Hauptweg davon.

Oliver hatte das Bedürfnis, etwas zu sagen. Irgendetwas stimmte nicht. Das Urteil war gesprochen und er hatte auch die gute Tat, die der Mann vollbracht hatte, verurteilt. Es war ihm nicht gelungen, den richtigen Weg zu finden.

Barry erreichte den Weg und wäre fast hinter den Bäumen verschwunden, als Oliver rief: „Herr Knotts."
Barry drehte sich um.
„Ihre Steine sind viel mehr wert als vierzig Jahre Blumen."
Ein langsames Lächeln hob Barrys Mundwinkel. Er berührte zum Gruß seinen Hut und verschwand in den Bäumen.

Oliver ging zu Hildis Grab, entfernte das Papier von dem Blumenstrauß, dachte an Frieda und legte die Blumen aufs Grab. Er fragte sich, wie lange sie miteinander gesprochen hatten, aber er schaute nicht auf die Uhr. Er fühlte sich müde. Würde Frieda ihm verzeihen, dass er sie mit Hildi betrogen hatte?

Die Ruhe war zum Friedhof zurückgekehrt, und die Baumwipfel hoben sich leuchtend vom silbernen Himmel ab. Dann sagte er, teils zu Hildi, teils zur Stadt und teils zu sich selbst: „Gott sei Dank, dass ich ihn nicht ohne ein versöhnliches Wort weggeschickt habe. Gott sei Dank."

ENDE

APRIL FOOL'S DAY 1944

To the victims

For Gisela

ACKNOWLEDGEMENTS:
Translation into German by Anke Simon (Waltrop, Germany).
Cover picture 'At the Siblinger Randen' by Herbert Hiss (Hallau, Schaffhausen). By kind permission of Mr. Hiss and Mr. Wetter (Meier Waser Druck AG).

With particular thanks to Ken Whitmore for his unfailing encouragement and excellent advice.
To Rolf Bänziger for his comments and technical assistance.
To the following for their readings and comments:
Barbara Oechsner, Roger Weibel, Regina Steinemann, Dorothy Robinson, Ernesto Keller, Ray Levy, Rita Frank, Karin Graf, and Herbert Hiss.
To the following for their help: Schaffhausen's Parks Department, archives, and library.

Roy Swanepoel, born in South Africa, emigrated to Europe in 1975 and has lived in England, Holland and Greece. After business college he worked variously as a sampler in a gold mine, ships' agent, lawyer's clerk, musician, agricultural worker, youth hostel manager, and translator before training as an English teacher in Zurich in 1984. He lives and teaches in Schaffhausen and became a naturalised Swiss and citizen of the town in 1999. Also at this time, his passion for the short story developed. In 2003 he won the Stauffacher annual short story award for his story "Dog Star."

ROY SWANEPOEL

APRIL FOOL'S DAY 1944

W hen Oliver Fehr retired after three terms in office as a magistrate of Schaffhausen, the mayor gave a long, glowing speech on what he called Oliver's 'sovereign' qualities as a magistrate.

"For twelve years Mr. Fehr lived out the heart of Swiss democracy," he said. "He lived it out with every case he heard. And at the end of every hearing, he had to do what our fathers and forefathers have always done—seek the compromise, find the way. And, as most of us know, he always did find the way."

Oliver often recalled these words in the slow, uneventful days of his retirement. Whenever he did, he felt a yearning to be there again. Just once more to inhale the old wood and formality and to follow the contours of the voices to the places where he believed the truth lay. Just once more to unravel the knot with the nimble fingers of his intellect.

Now he and Frieda, his wife, lived in their pink house up on the Emmersberg. And all the trivialities of life had swelled in importance. Every chore was stretched out so that it would last. They fretted when the post was late and had long, excruciating discussions over matters like tickets and flower seeds and whether to drive there, take the bus, or bloody-well walk. Then there was the ludicrous what-if-we-get-visitors paranoia they suffered when they were in the supermarket.

Worst of all was the prevarication. Oliver had bragged that he, in contrast to many others, wouldn't be bored. He'd enrol at the Seniors' University: "Have the forms already—geology—just have to sign on the dotted line," and at the same time he'd learn Spanish, read through a set of encyclopaedias and travel—"Isle of Capri this year, not the Berner Oberland again."

But a year had gone by and he'd done little more than sort and re-sort his mineral collection, play trains with his grandson, weed the lawn and attend meetings of the Pontoniers' Association. Sometimes he stood out in the garden with his hands in his pockets, hoping against hope that something untoward would happen. An outbreak of blight in the vegetable patch, him with a flaming torch. He wasn't asking much.

That day he intended to visit the community grave of the bombing victims—something he knew would upset Frieda. So he wanted to soften her up for the news.

"You know," he said to Frieda, who was doing the breakfast dishes beside him, "I didn't know the meaning of the word oilcan until you gave me this one." He peered closely at the hinge on the cupboard door and placed a small drop of oil just where the pin entered the mounting. Extracting an ear-cleaner from the pouch hanging at his hip, he touched it around the edge.

Frieda, short and podgy, all hands up and pearl earrings and little exclamations, smiled secretly to herself. It had occurred to her only recently that Oliver's fondness for puttering around the house, looking for things to oil, was a natural extension of his profession as a magistrate. For all those years he'd oiled the wheels of society in Schaffhausen, tried to make things turn more smoothly. Now he did this with things.

Oliver stood back and viewed his work with satisfaction, his silver eyebrows high and round, and his blue fishing cap pointing left.

"Not in all my born days have I seen an oilcan with such flow and elegance. Look how beautifully the spout tapers to this slim little tube at the end, this sensitive point that enables you to place the tiniest spot of oil on the smallest of hinges—to silence the faintest of squeaks."

Frieda dried her hands on the yellow dishcloth and stepped across to switch off the boiling kettle.

"And that's not all you know," said Oliver, sitting down at the table. "It's also got this marvellous thumb-lift control gadget at the top. All you have to do is press your thumb on this lever and up pops the lid."

"Boys and their toys," said Frieda, pouring the hot water into the earthen teapot with the dragon design.

Frieda always tried not to laugh when he was being silly. He loved to watch her do this because she never succeeded. She was totally incapable of suppressing the foam of humour that rose so naturally inside her. It filled her eyes and when the strangled squeaks began to escape from her mouth, she patted her lips as though wonderfully scandalous things were going on.

"Now I don't know how you womenfolk feel about such things, Friedi," Oliver said, lowering his voice confidentially and leaning across the table, "but most men I know like to press or cock something before they use it. You know, pull back a hammer or lever or something before they give the 'off' signal."

"Indeed?"

"Yes, now this thumb-lift top fully satisfies this desire

because they can lift it and let it drop with a bang before they start oiling. It's really a most humane thing to give to a man."

Frieda snorted and patted her lips.

"I'm going to Petra's at ten," Frieda said. "When will you be back from your *handorgeli* lesson?"

"I'm not going. Willi, thankfully, is fetching his godson from the airport in Zurich."

"Thankfully? I thought you liked playing the old songs."

"That's just it. I don't anymore and I can't say why. When I start one I can hardly wait until it ends. It's as if I've squeezed the songs so many times that there's no juice left in them. But I can't tell Willi; he's so enthusiastic about teaching me."

Frieda poured some tea into his cup, examined the colour, then served him.

"So you're staying home," she said.

Oliver cast her a sidelong glance. "No, I'm taking a walk to the Waldfriedhof."

"Oh," she said.

Oliver had been waiting for the 'oh'. Apparently his mother had once told Frieda that a girl he loved had died in the bombing. Now she always said 'oh' when he visited the graves.

"Franz Sulzberger told me the Americans have sent a bouquet to the grave every year since forty-four. Did you know that?"

"Of course. On the first of April every year. I've told you before."

"Yes, well, anyway it's the first of April today—exactly forty years since the bombing. You know what that means, don't you? They'll have sent one bouquet for each victim. It may well be the last one they send. So I'm going to see it."

Frieda's hands were on the move, patting here, straightening there.

He wished he hadn't told her. She was so sensitive about the long-dead Hildi.

"I know," he said. "It's the sort of enterprise only an elderly man can get excited about."

She picked up some grains of sugar and placed them in her saucer. "Are you also taking flowers?"

"Do you think I should?"

"Well I…" Frieda blinked. "Well, yes, I suppose so."

"What kind?"

"Well, it's the season for daffodils."

"Right. Daffodils it shall be."

Oliver felt Frieda watching him through the lounge window when he left. It seemed cruel to him to do this. On the other hand, it gave him a warm glow that she wanted him for herself. He bought daffodils at the Co-op, then set off down through the valley of the Gruben to the Waldfriedhof. The sky was grey and low, and the roads were dark with rain. Oliver walked up the hill beneath his umbrella, thinking about bouquets and bombs. Four hundred bombs they'd dropped. Four hundred and on such a small town.

A taxi hissed past, its taillights mauve in the gloom. It slowed at the corner and the brake lights lit up. The sudden illumination reminded him of the tongue of fire he'd seen at Hildi's window on the day of the bombing. He was twenty at the time, a sapper in the army, home on a weekend pass. His parents and brothers had gone to Thayngen to help his Uncle Jürg in his vineyards.

When the sirens sounded, he was on the couch, reading a book about Napoleon. Like many others, he didn't bother to head for an air-raid shelter anymore—nothing ever happened. The Swiss crosses on the roofs and fields kept them safe. But he wanted to see the planes, and got up. Then everything happened in quick succession: a distant popping sound; the window shattered before him; then one mighty, earth-trembling explosion rocked the building. He saw the flame at Hildi's window across the road; then everything stopped.

He found himself lying face down under a wall, with cement in his mouth. He distinctly recalled thinking how damned cosy it actually was lying under a wall, how well walls tucked in around the shoulders. He heard himself spluttering, *"Gefreiter Fehr, Herr Leutnant, Gefreiter Fehr."* His voice sounded strange and old-fashioned. Then he saw his bicycle against Hildi's wall and around it were hundreds of windows, changing into open mouths then back to windows again. And he was straining his ears, trying to hear what the mouths were saying, but there was too much noise.

For a day the bizarre, detached pictures of concussion blurred his thoughts. He saw his mother at his bedside in the hospital, and the green shining feather in her hat, and felt her hand warming his. Then with unchecked tears running down her cheeks, she told him Hildi was dead. At the time he was incapable of grasping what she'd said to him. His concern then was more the realisation that she knew he was in love with Hildi. It seemed impossible to him that she knew this, but she kept saying, "I'm so sorry for you, my boy, so sorry." That his desires were known filled him with an inexplicable sense of shame.

Then there was the day his father collected him from the hospital and led him through the violated streets of their hometown. His father's face had changed. The stiff, disapproving lines around his mouth and eyes were gone. His face seemed tauter, younger even. For an hour they roamed the streets—together in a way they'd never been together before.

Great chunks of the old town had been bitten away; there was black water and rubble in the streets and purple scorch marks on the walls. Open-mouthed people wandered from ruin to ruin, looking up. Cobble-stones lay like broken teeth around craters in the roads, and they saw men spanning a huge Swiss flag on a roof in the Vordergasse. The nine-hundred-year-old Allerheiligen Monastery, the root of the town, with its arches and serene cloister had been struck at the entrance. Its museum was just pale shocked walls with windows staring down on the splintered remains of its roof. Wooden shingles lay scattered about.

It took him two weeks to build up his courage to visit the community grave at the Waldfriedhof. He stood before Hildi's grave with his broken arm and his broken ribs and with a long, scabbed cut down the right side of his face. How tired he felt that day. He tried to picture her, but saw only red mouths and windows. Many years passed before he again caught glimpses of her saucy smile and the way her white arms moved like nodding swans when she walked. She was twenty and from Berne, and had come to Schaffhausen to help her aging aunt. Their love was still so young, so awkward, so full of misunderstandings and agonised silences.

Frieda thought he had to go to the Waldfriedhof to see Hildi, but in reality his memory of her was strongest when he was under the tall plane trees on the banks of the Rhine. It was under these trees one winter afternoon that she told him she was a seamstress by trade and made wonderful ballroom gowns for fine ladies. She began telling him about all the beautiful cloth she used, then stopped, apparently thinking it wouldn't interest him. He was holding her hand at the time and badly wanted to tell her to continue. But he was speechless with love. Never had anything sounded more engaging, more innately feminine to him than the way she'd talked about the gowns.

A wind, clean with the smell of rain, swirled around him, and he held the brim of his hat as he crossed the road and passed through the main entrance of the cemetery. It was immediately wind-calm. On the right stood a yellow house with an archway, on the left a chapel with a red spire. Before him the main path split like fingers into the trees. The area was deserted save for an elderly man and a woman standing beneath a large maple a hundred yards away. The man was pointing up at the branches with his walking stick, his movements insistent and stabbing; the woman was standing with her hands behind her back, shaking her head. The pantomime amused him. Man pulling one way, woman the other. His smile faded as another interpretation of the pantomime occurred to him: the shaking head—no, they won't bomb us; the pointing cane—but they *are* bombing us.

He entered the forest with his umbrella up and the bouquet of daffodils cradled on his left arm. The gravel crunched wetly beneath his shoes, and his gaze roved from the graves to the scanty touches of fresh leaves on the trees, to a creamy angel on the rise. His thoughts drifted between then and now, and he felt pleasure at the muted clunk of the chapel bell, and the sight of flickering candles in red holders on the graves.

The forest opened, and up ahead on the right he saw the green bench that stood across the path from the community grave. It was only when he came into full view of the semi-circle of graves that he noticed a dark-coated man with a silver trilby, stooping over one of the graves. The man placed something on the grave. Oliver heard a murmur. At first he thought he'd placed flowers on the grave, but when the man crossed to the next grave, he saw no flowers. Again the man bent and laid something on the grave. Oliver stopped. At the same moment the man turned and saw him. Oliver jerked back into movement. The small discomfort made him consider returning later, but his interest was aroused; he wanted to know what the man was placing on the graves. He wiped some of the water off the bench with his hand, sat down and placed the daffodils carefully on the seat beside him. The rim of his umbrella hung low and allowed him a certain measure of discretion in watching the man. Again the man glanced back. Oliver nodded a greeting, but the man's gaze had already shifted.

The graveside was open and airy—a semicircle of dark grave-stones around a plot of yellow grass. On the right were two granite walls and a large stone vase, bulging with red and white flowers. The grey statue of a kneeling woman, covered in moss, presided over the scene.

The man stood motionless, his back to Oliver, his outline hazy in the drizzle. Then he reached into the leather bag slung over his shoulder, removed something, placed it at the foot of a grave and walked on. Oliver watched with rapt attention. The man visited each grave, then returned to the memorial walls and began placing one object after the other in a line on the top of the walls. The objects clicked when he placed them on the surface.

Then Oliver saw what they were.

Rocks. He was putting rocks on the graves.

The realisation surprised him, touched him. He shook his head.

Different kinds of rocks too, some lighter in colour than others.

The gesture seemed so pure, so natural. He felt an eagerness to speak to the man, to share the pleasure of the gesture and their mutual interest in minerals.

The man fastened the buckle of his bag, as though he was preparing to leave. Oliver grasped the bouquet and hurried towards the site. The man stood in the centre of the curve of graves. Oliver passed to his left. His step rang on the flagstone path that skirted the foot of the graves. The man turned to look at him. Oliver paused at the foot of the first grave. Before him lay a beautiful wedge of aquamarine—wet and bright. On the next grave, a round powder pink stone gleamed on the sand. He stooped to view the pink one more closely.

"*Wunderschön,*" he said from beneath his umbrella, "*wirklich sehr schön.*" He straightened, nodding his approval.

"*Danke,*" said the man. He too was tall and elderly, but with a rusty, freckled complexion, white eyelashes and a pointed nose. The long v-shaped bags under his eyes made his eyes appear curiously low on his face. Oliver noticed an airline sticker on his bag.

"This is Shelley limestone, isn't it?" he said, pointing at a dark rock with shell patterns.

The man nodded.

"Is that syenite?" He indicated a green-brown rock on the next grave. He knew full well it wasn't.

The man didn't respond. His eyes were watchful through his black-rimmed glasses. His attention lingered on the scar down Oliver's cheek.

"Please excuse me if I've intruded on you," said Oliver. "The rocks made me so curious. It's an interest of mine."

"No, that's dunite," said the man, "from Mount Dun in New Zealand."

The man's German was accented. Oliver glanced at the airline sticker, but couldn't read it. "It's a really fine idea. Are the rocks on the memorial wall for those who aren't buried here?"

"That's right," said the man. He shuffled his feet.

"May I ask—do you have someone here?" said Oliver.

"Me? No, not exactly."

Now Oliver recognised the accent. The man was an American. He heard it in the chewy way he'd pronounced *"nicht genau."*

The rain had stopped. Oliver lowered his umbrella and clicked the catch. Somehow it didn't suit him that there was an American here. Who could the fellow be and what was he up to? He was about to ask when the stranger spoke: "And you, sir? Do you have any relatives here?"

"No," said Oliver.

The man seemed relieved.

"No," said Oliver, "but my girlfriend, my first love. She's over there. She was twenty."

The man licked the corner of his mouth. "Your first love?" His voice was strained.

"Yes, that special one—as they say."

In the forest two crows began squawking in loud, jeering tones, like drunken men.

"I couldn't help noticing your American accent," Oliver said. "Was it you who organised the beautiful bouquet today?"

"The what?"

"The flowers." Oliver gestured.

"Oh, that. No, it wasn't me."

Oliver's gaze flickered over the man's face. Why did he look so acutely ill at ease? A vague suspicion rose in his mind.

"Sir," said the man, "I feel I should tell you." He took a deep breath and looked Oliver in the eye.

"Yes?"

"I'm one of the men who bombed your town on the first of April."

Oliver blinked and made a curious, almost laughing sound of disbelief.

"What? Oh, no. Oh, good God. Really?"

The man's breathing had quickened. "Yes."

"So you've—you've come back here. After forty years you've come back."

"That's right." The stranger was gazing at him imploringly, appealingly, for approval, for understanding.

Oliver felt his composure give; the words rushed out: "And? How does it feel to see the graves of your victims, hey? Forty people you killed! Forty people!"

The man looked down at his shoes.

"Forty people!" cried Oliver. "My Hildi!"

"Please…" the man said through clenched teeth, "please don't shout. Not in front of the graves. Please have some respect. Don't shout."

"What? I'll shout where I wish! If you…"

He stopped, his mouth still half open. They stood facing each other, shuffling and awkward, like lead-footed men trying to learn unfamiliar dance steps. Both seemed fearful of what would happen next.

A sudden distinctive smell of barbecued meat wafted across the graves. Oliver whirled towards the houses across the road. Smoke was rising from the balcony of a flat. Another of those bloody idiots on his balcony, smoking up the whole block to grill his two *Servelas*. How often he'd sat in judgement on such ridiculous cases.

The man spoke.

"Were you here during the bombing, sir?"

Oliver wanted to release his rage. Then he heard the mayor's words again: "His sovereign qualities as a magistrate."

With a long forefinger he touched the white scar on his cheek.

"Oh, God," said the American. "What can I say? I'm awfully sorry. And about your girlfriend. What can I say?"

Oliver looked away.

"My name's Barry Knotts—for what it's worth," said the man.

Oliver hesitated. "Oliver Fehr," he said. In customary Swiss fashion he began to lift his hand for the shake. Then self-consciously dropped it without shaking.

"Could you please tell me something?" Barry said. "Do the folks around here think we bombed their town on purpose—as a warning not to collaborate with the Germans? And…" He sighed. "Do they really think we bombed them as an April fools' joke?"

Oliver took his time before answering. "Yes, I think many do. Who can help it if someone bombs their town for no obvious reason?"

"And what do you think?"

Again Oliver hesitated before answering. "I'm not sure. The American version is that your air-to-ground radar was malfunctioning and you were driven off course by the strong wind. You couldn't see through the undercast and flew into Switzerland at the Lake of Constance. Is that right?"

"Yes."

"Then you turned around and came back this way. We know you flew across Switzerland. You were sighted over Wil. Then you saw a little town north of the Rhine, thought it was a German town and bombed it to smithereens. Is *that* right?"

"More or less."

Oliver leaned towards Barry and said slowly and deliberately, "What everyone asks is why you didn't see the Swiss crosses on the roofs and the fields."

"I can't explain it either."

"You didn't see them?" said Oliver.

"Consciously, no."

"Consciously? What do you mean?"

"I wasn't aware of them."

"For years those crosses saved us from air attack. Why not from you?"

"I tell you I didn't see the crosses." Barry's eyes were blue and level.

"What did you see that day? Where were you sitting in the plane?"

"In the bombardier's seat in the nose."

"Gopf!" said Oliver, stamping his umbrella on the ground. "You released those bombs? Those hands? You were the bomber?"

"Yes, damn it. It was my job. My bastard job. Do you think I got a kick out of it?"

Oliver felt a wave of dizziness pass over him. He sat down on the stone bench facing the memorial wall.

Barry sat down beside him. "Are you okay?" He removed a flask from his pocket. "Here, have a nip of this."

Oliver pushed it away.

Barry closed the flask. "I think I'd better go," he said, rising to his feet.

Oliver gripped his sleeve. "No," he said. "Wait. You wanted my opinion. I believe you bombed us on purpose as a warning not to collaborate."

Barry sat down again.

"Listen," he said. "I've looked into this. I've read the reports. The collaboration story just doesn't add up. It was the German newspapers that stated this, not the Swiss. The claim doesn't make sense."

"Why not?"

"What could be gained? Your trade with Germany was legal by international law, and it was vital to your survival. For three—for four years you were surrounded by the Axis powers. The Allies knew this, and we also knew that your trade with Germany dropped when more trade possibilities opened up."

Barry spread his hands.

"Why should you collaborate with the Germans at that stage of the war—when they were losing on all fronts? They'd been a threat on your borders for five years and nearly invaded you in forty-one. Wouldn't you be pleased to be freed from them?"

"Of course we wanted that."

"See? So why would we Americans risk an international scandal and have to pay out forty million francs damages to make a point that doesn't need making? And why would we attack a country that was offering refuge to our pilots? Something like seventeen hundred of our boys landed here."

Oliver rose and paced up and down, then stopped in front of Barry.

"So why did you bomb Schaffhausen then, damn it!"

"God knows. I don't think we'll ever know."

"But you were there! You were in the bloody bomber!"

"It was a mistake! We didn't find out we'd bombed a Swiss town until the next day. And then it was too late. Much too late."

Oliver paced slowly, then came back again.

"Why did you come here today?" he said.

"I wish I could say I came of my own accord, but I didn't. My wife forced me to come."

Oliver stared at him. "Your wife forced you? You mean you didn't even come of your own free will? You were forced to come?"

Barry pointed at the graves. "These people have been my shadow for forty years. All those lives unlived because of me. Forty years! Do you know how that feels? I might have returned here before, but then I heard about all these goddamned rumours. They won't even believe I'm sorry, for Christ's sake!"

"So what? So what?" said Oliver. "That still doesn't mean you shouldn't say it!"

They heard voices and turned. A couple with a boy and a girl appeared on the path and began walking towards the graves. Barry glanced at Oliver.

"Four hundred bombs they dropped," the father was saying to his son.

"Why didn't we shoot them down, *Papi*?"

"The Americans weren't enemies. But if we'd had any anti-aircraft weapons, we would have. The swine."

Oliver glanced at Barry. The family came closer.

"Hey, look at this stone!" said the girl.

"Claudia, leave it there," said the mother.

"Hey, here's another one," said the boy.

"Herr Fehr," said the man, seeing Oliver's face. *"Ja, gruezi."*

"Reto," said Oliver, recognising the young man as a member of the Pontoniers' Association. He shook Reto's hand and greeted his family.

The couple looked enquiringly at Barry.

"This is Mr. Knotts. He's…on holiday here in Switzerland."

They shook hands.

"Where are you from, Mr. Knotts?" Reto asked.

"From Seattle," Barry said.

"Seattle, USA?" said Reto, glancing at his wife.

"Yes."

Reto's discomfort over his loud remarks was almost tangible. That Oliver, to whom he spoke with deference, was evidently on friendly terms with Barry made the situation even worse. When he again looked at his wife, Oliver and Barry saw that they'd both just begun to wonder what Barry was doing there. Reto's wife took an involuntary step back, then tried to pretend she hadn't.

Oliver opened his mouth to say something.

"I'm here partially on business, "Barry said. "I work for Boeing and I'm on my way to Dornier in Ludwigshafen. We're working on a project together."

"Oh, I see. You…you build planes."

"Yes."

"Oh, how interesting. Is this your first time in Schaffhausen? In Switzerland?"

"No, it isn't."

"Oh, I see."

"I've visited Geneva before."

"Ah, yes," said Reto, laughing nervously.

"Papa," said the girl, "look at these pretty stones. Can't I take one?"

"No," said the mother, visibly relieved by the interruption.

"Mr. Knotts and I were just talking about what a fine gift they make, " Oliver said.

"Claudia, put back that stone immediately."

"Ah, *Mutti*," said the girl with irritation, and smacked the rock down on the memorial wall.

"Well, so see you at the meeting on Wednesday then, Herr Fehr."

Reto grasped his daughter's hand. And nice meeting you, Mister…"

"Knotts," said Barry.

The couple hurried away, pulling their children along behind them.

"But I haven't even looked at the flowers yet," whined the girl.

"Why is the American here, *Papi*?" said the boy.

Oliver stood watching Reto, wondering if he would one day ask him about Barry.

The two men were silent, both looking at the ground.

"Why didn't you tell them?" said Barry.

Oliver shrugged.

"You say your wife forced you to come," he said.

"Yes, Kate is … extremely sensitive. Irish, too. She

believed she saw signs that something would happen to our family if I didn't come here and make my peace with the victims."

"Signs? What sort of signs?"

"It started when our six-year-old granddaughter ran out of our front gate, directly into the path of an oncoming car. She died on the spot, with us and her parents watching. The driver was a young Swiss man on holiday in Seattle."

Oliver swung towards him. Barry was gazing into the trees.

"Two weeks later I spoke in my sleep and Kate apparently heard me say words like 'Switzerland' and 'bombing' and 'Schaffhausen'. She woke me up and asked me about it. I'd never told her about the bombing. I said she should go back to sleep, that sleeptalk was just a jumble of words."

Barry sighed.

"Normally, she would've accepted the explanation. But the loss of Gloria, our grandchild, has changed Kate. She read up on Schaffhausen and the bombing, and found out I was in the 392nd at the time. Last Wednesday she confronted me with it; two days before I was to fly to Europe."

Drops of rain hung like pearl trimming on the edge of Barry's hat. He gazed into the smoky trees.

"She'd woven together a string of coincidences as only Kate can do. She asked why I'd dreamt about the bombing so soon after a Swiss killed our grand-daughter. She asked why I was to be so close to Schaffhausen on the first of April."

"She knew this?"

"Yes, and she asked why it happened now, why exactly forty years after the bombing, why exactly forty victims. She was beside herself."

In the corner of his eye, Oliver saw the kneeling statue of the woman. She seemed to have grown. He thought of Hildi.

"I came because I don't want to lose her. But I know she'll never forgive me for not telling her about the bombing. Ironic, isn't it? I mean, if she didn't…"

"Do you believe they were signs?" Oliver said.

"No. But on the way to the airport I decided to come here for her sake. I wanted to tell her just before I left. Then I discovered she'd put my rock collection in my luggage. I was mad at her for trying to force me to come and chucked the rocks out onto the car park. And she was there, crying and picking them up in the rain."

"Has it made any difference to you that you came here today?" Oliver said.

Barry was silent for some moments.

"Yes, yes it has. Before you arrived, I saw the grave of that child over there." He gestured. "Something curious happened there, you know. I had rain on my glasses and the running drops gave me the impression her grave was moving. It was almost as though she were responding when I told her I was sorry. As though she didn't believe it was on purpose. I didn't feel that at any of the other graves."

The two crows began squawking again.

"I left her a piece of obsidian from Glass Buttes in Oregon," Barry said. He strode across to the grave, picked up a glassy black rock and brought it to Oliver.

"I gave it to her because it's got these lighter bits here." He pointed at some smoky white marks in the black. "Told her we call them 'Apache tears'. Then I realised a Swiss child wouldn't know the Apaches. And I spent…about ten minutes explaining to her what an Apache is."

Oliver studied the rock, turning it around in his fingers. He handed it back to Barry.

"You know, Mr. Fehr," Barry said, "in every corner of this tragedy I've been confronted by the question of forgiveness. When that young fellow killed our grand-daughter, I couldn't stop myself; I attacked him. He just stood there and I punched him. He didn't even lift his arms to protect himself. It was as though he wanted me to strike him."

He thrust his hands into his coat pockets.

"How many times I've seen him standing there with blood on his mouth, his arms hanging by his sides. I'm ashamed I hit him, and I know he's not to blame. Yet I also know I can never forgive him. That greatness of soul I don't possess." He shook his head. "And if I can't forgive him, how can I expect these poor souls and their families to forgive me?"

"For me, here, today, at this moment," said Oliver, "it doesn't have to do with greatness of soul, but with sincerity. If I told you I forgave you, I would be lying. Every time I think about this, I feel wronged, I feel renewed pain. All the extenuating circumstances haven't changed that."

"No, they don't, do they?"

"And you know something, Mr. Knotts, despite my belief in justice, I forgive myself for feeling this way. For once in my life I choose to accept the truth about myself."

"So the only one I can forgive is myself, the injured party—the one that doesn't need to be forgiven. Is that the twisted truth?"

"Twisted?" said Oliver. "No, it's just another truth."

The forest was totally silent. Barry examined the black rock in his hands, then crossed to the child's grave. He kissed the rock and placed it at the foot of the grave. He stood back, his head bowed. A bright shaft of light in the trees cast his figure in silhouette. Oliver had the impression he could hear Barry's thoughts to the child, hear his deep soothing voice. It sounded with the same affection he'd heard in Barry's voice when he spoke of Kate and Gloria.

Barry backed onto the path. He looked at Oliver. His face seemed rustier than ever.

"Thank you for your time, Mr. Fehr. It was good of you to speak to me. And I'm dreadfully sorry about your girlfriend." He turned and set off towards the main path.

Oliver felt an inclination to say something. Something was wrong. The verdict was out and he was condemning even this good thing the man had done. He had not found the way.

Barry reached the path and was just disappearing behind the trees when Oliver called.

"Mr. Knotts," he said.

Barry turned.

"Your rocks are worth far more than forty years of flowers."

A slow smile lifted the corners of Barry's mouth. He

touched his hat in greeting and walked away into the trees.

Oliver crossed to Hildi's grave, removed the paper around the bouquet, thought of Frieda, and placed the flowers on the grave. He wondered how long they'd spoken, but he didn't look at his watch. He felt tired. Would Frieda forgive him for cheating on her with Hildi?

Peace had returned to the graveside, and the tips of the trees shone against the silver sky. Then partially to Hildi, partially to the town and partially to himself, he said, "Thank God I didn't send him away without saying anything good. Thank God."

END